कथा कमलादेवी जी की

प्रतिक जाधव

क्रम-सूची

1

लापरवाह मनोज

एक बार मनोज अपनी १२ साल की बेटी समीक्षा और ८ साल के बेटे संदेश के साथ बाहर घूमने गये थे। कुछ कदम चलने के बाद संदेश की नजर एक दूकान पर जाती हैं जहां पर रखी क्रिकेट की बैट (Cricket Bat) संदेश को काफी पसंद आती हैं। संदेश अपने पिता मनोज से उस दूकान में चलकर उस बैट को लेने की जिद्द करता हैं, लेकीन मनोज उस दूकान में चलकर उस बैट को लेने से साफ इनकार कर देते हैं और आगे की तरफ चलते हैं। कुछ कदम चलने के बाद मनोज की बेटी समीक्षा की नजर एक दूकान पर जाती हैं जहां पर रखी नयी ड्रेस (Dress) और टेडी बीअर (Teddy Bear) का खीलौना समीक्षा को काफी पसंद आता हैं। समीक्षा अपने पिता मनोज से कहती हैं की – "मुझे वह नयी ड्रेस और नया टेडी बीअर चाहीये।" पिता मनोज अपनी बेटी समीक्षा को वह सारी वस्तूए देने के लीये राजी हो जाते हैं और मनोज अपने दोनों बच्चों को उस दूकान में ले जाते हैं। मनोज अपनी बेटी के लीये वस्तू खरीदने में इतने व्यस्त हो जाते हैं की वह देख ही नही पाते हैं की उनका बेटा नाखूश हैं, वह संदेश पर बिल्कूल भी ध्यान नहीं देते हैं। नाराज बेटा संदेश अपने पिता मनोज से कहता हैं की – "पिताजी मैं बाहर टहलने जा रहा हूं।" इतना कहकर संदेश उस दूकान से चला जाता हैं। दूकानदार का ध्यान अपने दूकान की ज्यादा से ज्यादा वस्तूओं को कैसे बेचे उस पर होता हैं वही दूसरी ओर मनोज अपनी बेटी के लीये वस्तू खरीदने में मग्न रहते

हैं इसी कारण दूकानदार और मनोज ना केवल संदेश की बात सून पाते हैं बल्की संदेश दूकान से बाहर चला गया हैं इस बात की भनक भी नहीं होती हैं।

संदेश दूकान से बाहर टहलते टहलते उस दूकान से काफी दूर चला जाता हैं। कुछ समय बाद मनोज को उसकी पत्नी और समीक्षा और संदेश की माता मनीशा का फोन (Phone) आता हैं। फोन पर दूसरी ओर से मनीशा मनोज से बात करते हूये कहती हैं की – "हेल्लो (Hello), आप कैसे हों? बच्चे कैसे हैं? कहां पर हों अभी?" मनीशा को जवाब देते हूये मनोज कहते हैं की - "मैं ठीक हूं, बच्चे भी ठीक हैं, हम सब अभी खरीदारी करने दूकान पर आये हैं।" मनोज का जवाब सूनने के बाद मनीशा मनोज से अपने बच्चों से बात करवाने के लीये कहती हैं। मनीशा की बात सूनने के बाद जब मनोज अपने बच्चों की ओर देखते हैं तभी मनोज को एहसास होता हैं की संदेश वहां पर नहीं हैं, मनोज आवाज लगाते हूये कहते हैं की - "संदेश बेटा छुप्पन छुपाई बहूत हूयी अभी बाहर आओ।" लेकीन संदेश कहीं भी दिखाई नहीं देता। फिर मनीशा मनोज से पूछती हैं की - "क्या हूआ? " मनीशा के सवाल का जवाब देते हूये मनोज कहता हैं की - "शायद संदेश को छुप्पन छुपाई खेलने का मन हुआ हैं इसीलीये कहीं पर छीप गया हैं और बाहर नहीं आ रहा।" मनोज की बात सूनने के बाद मनीशा मनोज को फोन को स्पीकर (Speaker) पर रखने के लीये कहती हैं ताकी वह अपने बेटे को आवाज लगा सकें, मनीशा के आवाज लगाने के बावजूद संदेश कहीं भी दिखाई नहीं देता। यह सब देखने के बाद मनोज अपनी पत्नी मनीशा से फोन रखने के लीये कहते हैं लेकीन मनीशा फोन रखने के लीये मना कर देती हैं और कहती हैं की - "फोन कट मत करना, इससे मुझे पता लगता रहेगा की वहां पर चल क्या रहां हैं।" मनीशा के फोन रखने के लीये मना करने के कारण फोन को चालू रखते हूये मनोज अपनी बेटी समीक्षा के साथ संदेश को आवाज लगाते हूये ढूंढने लगते हैं लेकीन संदेश कहीं भी पता नहीं चल पाता हैं। अब मनोज को गुस्सा आता हैं और फिर एक बार गुस्से में आवाज लगाकर धमकाते हूये कहते हैं की - "संदेश अब तुम मुझे गुस्सा दिला रहे हों अगर तुम बाहर नहीं आये तो तुम्हें सबके सामने थप्पड मारूंगा।"

मनोज को धमकाने के बावजूद संदेश कहीं भी दिखाई नहीं देता। वहीं फोन पर दूसरी ओर से सून रहीं मनीशा अपने पती मनोज को अपने बेटे संदेश को धमकाते हुये सूनकर गुस्से से आग बबुला हो जाती हैं और अपना गुस्सा जताते हुये मनोज से कहती हैं की - "यह सब सीर्फ आपके कारण हुआ हैं। जब भी देखू तब आप बेटे को डाटते रहते हों, यह भी नहीं देखते की आजू बाजू लोग हैं, बेटे को कैसा महसूस होगा, बस डाट देते हों। बेटी के तो सारी इच्छाये पूरी करते हो और बेटे के साथ ऐसा बर्ताव करते हो जैसे वह तुम्हारा नहीं किसी और का बेटा हैं। अपने बेटी को तो रानी की तरह रखते हों लेकीन बेटे के मामलें में बिल्कूल लापरवाह और गैर जीम्मेदार हों।" तभी दूकानदार को याद आता हैं की उसकी दूकान में (CCTV Camera)सी सी टीव्ही कैमेरा हैं और वह तुरंत मनोज को बताते हुये कहता हैं की - "(Sir)सर हमारी दूकान में सी सी टीव्ही कैमेरा लगाया हुआ हैं, उसमें देख लेते हैं की आपका बेटा कहां हैं।" दूकानदार की यह बात सूनकर मनीशा को दिलासा देते हुये मनोज कहते हैं की - "फीक्र मत करों संदेश जल्द ही मिल जायेगा।" इतना कहकर दूकानदार और मनोज सी सी टीव्ही कैमेरा की फूटेज(footage) देखने चले जाते हैं, लेकीन उनके हाथ सीर्फ नीराशा ही लगती हैं क्युं की संदेश उन्हें कहीं पर भी दिखाई नहीं देता। फीर दूकानदार और मनोज उस समय की फूटेज देखते हैं जब मनोज अपने बच्चों के साथ दूकान आये थे। फूटेज देखने के बाद पता चलता हैं की जब मनोज अपने बेटी की मनपसंद वस्तूए खरीदने में व्यस्थ थे तभी संदेश वहां से चला गया था। जब मनोज यहां घटीत घटना के बारे में फोन पर दूसरी ओर से सून रहीं मनीशा को बताता हैं तब मनीशा गुस्से में मनोज से कहती हैं की - "कोई भी पिता जब अपने बच्चों को कही लेकर जाता हैं तो वह इतना व्यस्थ नहीं रहता के उसे पता भी नहीं चलता के कब उसका बेटा वहां से चला गया। इससे साफ पता चलता हैं की तुम सीर्फ अपने बेटी से प्यार करते हों बेटे से नहीं। अगली बार से मेरे बेटे को कहीं भी लेकर जाने की जरूरत नहीं। मैं नहीं चाहती के मेरा बेटा एक लापरवाह पिता के साथ अकेले में कहीं भी जायें और याद रखना, अगर मेरे बेटे को कुछ हुआ तो आपके लीये बील्कूल अच्छा नहीं होगा।" इतना कहकर मनीशा गुस्से में फोन रखती हैं और संदेश को

ढूंढने चली जाती हैं। वहीं दूसरी ओर मनोज दूकान का बील(Bill) भरता हैं और सामान लेकर अपने बेटी के साथ दूकान के बाहर चला जाता हैं और फीर दोनों संदेश को आवाज लगाते हुये संदेश को ढूंढने में लग जाते हैं। दूसरी ओर संदेश उस जगह से काफी दूर जा चूका होता हैं क्युं की वह एक घंटे पहले ही उस दूकान से बाहर आ चूका था। संदेश अपने मन में सोचता हैं की बहुत जगह घूमली अब वापस दूकान लौट जाता हूं। जैसे ही वह वापस लौटने के लीये पीछे मुड़ता हैं उसे सबकुछ अनजाना लगता हैं क्यूंकी वह वापस लौटने का रास्ता भूल चूका होता हैं। अब उसे चिंता होती हैं की वह अपने परिवार तक कैसे जायेगा तभी एक आदमी उसके पीछे से उसके कंधे पर हाथ रखता हैं, जब संदेश पीछे मुड़ता हैं तब देखता हैं की जीस आदमी ने उसके कंधे पर हाथ रखा हैं वह लंबे दाढी और मुछ वाले साधू हैं। वह साधू संदेश से कहते हैं की - "काफी चींतीत दिखाई दे रहे हो बालक, क्या समस्या हैं?" साधू को जवाब देते हुये संदेश कहता हैं की - "मैं रास्ता भटक चूका हूं, मैं अपने पिताजी और बहन को ढूंढ रहा हूं।" साधू संदेश से पूछते हैं की - "तुम्हारे पास उन दोनों की कोई तस्वीर हैं? अपने घर का पता जानते हों?" संदेश उनके दोनों सवालों का जवाब देते हुये कहता हैं की - "नही, मैं नही जानता।" संदेश का जवाब सुनकर साधू संदेश से कहते हैं की - "यहां से पुलिस की चौकी काफी दूर हैं। क्यूंकी तुम अपने घर का पता नहीं जानते इसलीये तुम्हे पुलिस की चौकी में ले जाना हीं उचीत होगा। तुम वहां ना केवल सुरक्षीत रहोगे बल्की तुम्हें सही सलामत तुम्हारे परिवार तक पहूंचाने में पुलिस तुम्हारी मदद भी करेंगी।" फीर साधू संदेश से पूछते हैं की - "तो क्या तुम मेरे साथ पुलिस की चौकी तक चलने के लीये तैयार हों?" संदेश साधू से कहता हैं की - "हां, मैं आपके साथ पुलिस की चौकी तक चलने के लीये तैयार हूं।" फीर वह साधू संदेश को उठाकर अपने कमर पर बीठाते हैं और चलने लगते हैं ताकी संदेश के पैर ना दूखे। काफी देर चलने के बाद संदेश साधू से कहता हैं की - "मैं बहूत पक चूका हूं, आप प्लीज(Please) कोई कहानी सुना दों ना।" संदेश को जवाब देते हुये साधू कहते हैं की - "यह रास्ता पार कर लेते हैं फीर मैं कहानी सुनाता हूं।"

Please – कृपया Phone - श्रावित Cricket Bat - क्रिकेट का बल्ला
Hello – नमश्कार Dress – पोशाख

• 5 •

2

कामयाब हस्ती कमलादेवी जी

रास्ता पार करने के बाद साधू संदेश को कहानी सुनाते हुये कहते हैं की - "यह कहानी हैं एक कामयाब तृतीय पंती हस्ती कमलादेवी जी की।" साधू की बात बीचमें काटते हुये संदेश साधू से पूछता हैं की - "यह तृतीय पंती क्या होता हैं?" संदेश के इस सवाल का जवाब देते हुये साधू कहते हैं की - "किन्नरों को तृतीय पंती भी कहते हैं।" इसके बाद संदेश साधू से कहता हैं की - "ओह अब समझा।" फीर साधू अपनी कहानी आगे बढ़ाते हुये कहते हैं की - "कमलादेवी जी अपने वैनीटी वैन(Vanity Van) में बैठी रहती हैं, तभी उन्हे एक महीला आकर बताती हैं की "आपकी एंट्री(Entry) का समय हो चूका हैं, क्या आप तैय्यार हों?" उस महीला को जवाब देते हुये कमलादेवी जी कहती हैं की - "हां, मैं बिल्कूल तैय्यार हूं।" इतना कहकर कमलादेवी जी अपने वैनीटी वैन से बाहर आकर हॉल(Hall) की तरफ जाने लगती हैं, जहां पर ४०-५० उम्र के लोग आये हुये रहते हैं, जीनकी या तो नौकरी जा चूकी हैं और नौकरी पाना चाहते हैं या फीर वह अपने जीवन में कुछ नहीं कर पाये हैं और नौकरी पाना चाहते हैं। हॉल में प्रवेश करने के बाद कमलादेवी जी स्टेज(Stage) पर आती हैं। जैसे ही कमलादेवी जी स्टेज पर आती हैं वहां मौजूद ऑडीयंस (Audience) जो की ४०-५० उम्र के लोग हैं और नौकरी पाना चाहते

हैं वह कमलादेवी जी के स्वागत में तालीयां बजाकर, चील्लाकर, सीटी बजाकर अपनी खुशी जाहीर कर रहे थे। जैसे ही प्रेक्षक थोड़े धीमे होते हैं कमलादेवी जी सारे प्रेक्षकों को नमस्कार कहती हैं। इधर कमलादेवी जी नमस्कार कहती हैं की तभी वहां मौजूद सारे प्रेक्षक फीर से जोर जोर से चील्लाने लगते हैं, तालीयां बजाने लगते हैं, सीटी बजाने लगते हैं। वहां मौजूद सारे प्रेक्षकों को कमलादेवी जी शांत होने के लीये कहती हैं। उसके बाद वह कहती हैं की – 'पहले एक जरूरी काम करना हैं।' फीर अपने पर्सनल सेक्रेटरी(Personal Secretary) को बुलाती हैं और उनसे एक लीस्ट(List) मंगाती हैं। उनकी पर्सनल सेक्रेटरी उन्हें वह लीस्ट उनके हाथ में लाकर देती हैं उसके बाद कमलादेवी जी कहती हैं की – 'मैं अभी जीनके भी नाम लूंगी वह लोग कृपया यहां स्टेज पर आईये।' इतना कहकर वह लीस्ट के नाम पढ़ना शुरू कर देते हैं। जैसे ही कमलादेवी जी लीस्ट में मौजूद सारे नाम यानी १० के १० नाम पढ़ लेती हैं वह सारे १० लोग स्टेज पर चले जाते हैं। जब यह १० लोग स्टेज पर आते हैं तभी वहां मौजूद सारे प्रेक्षक उन १० लोगों के लीये भी तालीयां बजाते हैं क्यूंकी कमलादेवी जी ने उन्हे स्टेज पर बुलाया होता हैं, तभी अचानक कमलादेवी जी कहती हैं की – 'आप १० के १० लोग अभी इस हॉल से बाहर नीकल जायें और आगे से कभी भी मेरे कंपनी या मेरे किसी भी लेक्चर(Lecture) में ना आये।' कमलादेवी जी की यह बात सुनते ही पूरे हॉल में शांतता फैल जाती हैं, वही दूसरी ओर वह १० लोग एकसाथ कमलादेवी जी से कहते हैं की – 'कमलादेवी जी हमसे कोई गलती हुयी हैं क्या? अगर हम से कोई गलती हुयी हैं तो कृपया हमे शमां करें।' उन १० लोगों की बात काटते हुये कमलादेवी जी कहती हैं की – 'आप शराफत से यहां से बाहर जाते हो या फीर मैं सेक्युरीटी गार्ड(Security Guard) को बुलाऊ।' कमलादेवी जी की यह बात सुनकर वह १० लोग उस जगह से चले जाते हैं।

उन १० लोगों के वहां से जाने के बाद कमलादेवी जी कहती हैं की – 'आप सब लोग यही सोच रहें हैं ना की मैंने उन १० लोगों को बाहर क्यु नीकाला? तो सुनो मैं सीर्फ उन लोगों की सहायता सहायता करता हूं जो लोग लाचार, बेबस, गरीब, बेसहारा या फीर इन सब से पीड़ीत हैं। लेकीन

अगर लोगों पर यह सारे संकट उन्ही के घमंड़ी स्वभाव और लापरवाही के कारण आये हैं तो मैं उनकी मदत नहीं करती। नहीं समझ में आया, चलीये इसे एक उदाहरण से समझने की कोशीस करते हैं। मान लीजीये एक मध्यम वर्गीय व्यक्ति हैं जीसे तंबाखू, बीड़ी और धूम्रपान करने की आदत हैं। उसे उसके परिवार वाले, मित्र, समाज सभी लोग समझाते हैं के तंबाखू, बीड़ी और धूम्रपान करना ना केवल सेहत के लीये हानीकारक हैं बल्की इसकी आदत के कारण कई लोग कंगाल और बर्बाद भी हुये हैं और कई लोगों के परिवार रास्ते पर आये हैं। इसके सेवन से कर्क रोग भी हो सकता हैं। लेकीन वह व्यक्ति किसी की भी बात नहीं सूनता। फीर एक दिन उस व्यक्ति को कर्क रोग हो जाता हैं और उसकी मृत्यू हो जाती हैं। कर्क रोग के इलाज का खर्चा इतना हूआ था के इलाज करने में उस आदमी के घरवालों को घर, गेहने सब कुछ बेचना पड़ा। बैंक(Bank) में मौजूद सारे पैसे नीकालने पड़े, इतना ही नहीं पैसों की कमी के कारण उन्हें कर्जा भी लेना पड़ा। उस आदमी की सारी जमा कुंजी चली गयी, वह आदमी कंगाल हो गया और वह आदमी रास्ते पर आ गया। अब बताओ इसमें उस आदमी की गलती हैं या नहीं? अगर वह आदमी उसके परिवार की, मित्रों की, समाज की बात सुनते हुये दारू पीना, तंबाखू खाना और धूम्रपान करना छोड़ देता तो उसे इतनी मुसीबतों का सामना करना नहीं पड़ता। ऐसे लोगों की मैं बील्कूल मदत नहीं करती। पीछले ३ दिनों में तीनों सेशन(Session) में मैंने ऐसे लोगों को बाहर नीकाला हैं।' इतनी बातें कहने के बाद जैसे ही कमलादेवी जी थोड़ा रूक जाती हैं उतने में दर्शकों में से एक आदमी कमलादेवी जी से पूछता हैं की – 'कमलादेवी जी आपको इन सब के बारे में पता कैसे चला?' उस आदमी के सवाल का जवाब देते हुये कमलादेवी जी कहती हैं की – 'बताती हूं, आप लोगों को याद हैं जब आप सब लोगों ने मेरी वेबसाइट(Website) पर फॉर्म(Form) भरे थे, तो उसमें आपकी मानसीकता जानने के लीये उसमें काफी सारे सवाल पूछे गये थे। उन में से कुछ सवाल ऐसे थे (लोगों को स्वास्थ्य बीमा लेना चाहीये या नहीं?) इस सवाल के जवाब में एक तरफ उसे क्युं लेना चाहीये उसके विकल्प दिये गये थे वही दूसरी ओर उसे क्युं नहीं लेना चाहीये उसके विकल्प दिये गये थे। दूसरा सवाल

(क्या जीवन बीमा जरूरी हैं या नहीं?) इस सवाल के भी जवाब में एक तरफ उसे क्युं लेना चाहीये उसके विकल्प दिये गये थे वही दूसरी और उसे क्युं नहीं लेना चाहीये उसके विकल्प दिये गये थे। तीसरा सवाल (आपके जीवन में ऐसा क्या हुआ जीनके कारण आप पर यह नौबत आयी? वीस्तार में बताये) यह सवाल का जवाब देने के लीये इस सवाल के नीचे उत्तर देने के लीये काफी जगह थी। इन लोगों के जवाब पढ़ने के बाद मुझे यह पता चला की २० साल पहले जब इनके पास इन्शूरंस एजंट(Insurance Agent) इनकी स्वास्थ्य और जीवन बीमा कराने पहुंचे थे तब इन्हों ने बहाने बनाते हुये बीमा कराने से इनकार कर दिया था। उनकी आमदनी भी एक लाख रूपये हर महीना थी। आज वह सारे लोग यहां आये थे क्यूंकी शेयर मार्केट(Share Market) से पैसा कमाने के चक्कर में इनके जमा कूंजी के बड़े हीस्से को नुकसान का सामना करना पड़ा। कुछ सालों बाद इन्हों ने म्युचूअल फंड(Mutual Fund) से पैसा कमाने के लीये इन लोगों ने बड़ी रक्कम का कर्जा लीया और यहां भी इन्हे नुकसान का सामना करना पड़ा। पीछले महीने इनकी नौकरी भी चली गयी। जब बीमा एजंट इन लोगों के पास गये थे तब अगर इन लोगों ने अगर बहाने न देते हुये हर महीने केवल २५४०० प्रति माह २० सालों के लीये नीवेश कीये होते तो आज इन लोगों को तकरीबन १११००००० (एक करोड़ ग्यारा लाख) मिले होते वह भी टैक्स फ्री(Tax Free)। इन्हे मिली हूयी रक्कम में से अगर इन्होंने तकरीबन ११०९६२०० (एक करोड़ दस लाख छियानबे हजार दोसौ) एल आय सी(LIC) के पेंशन(Pension Plan) प्लान में निवेश किये होते तो अगले महिने से ही हर महीने ४७३७० रूपये प्रति माह मिल रहे होते। मतलब नौकरी जाने का इनकी जीवन शैली पर ज्यादा असर नहीं पड़ता। मगर इन लोगों ने शेयर मार्केट और म्युचूअल फंड में पैसे लूटाये और उपर से कर्ज का बोझ उठाना पड़ा। मैं शेयर मार्केट और म्युचूअल फंड के खिलाफ नहीं हूं मगर शेयर मार्केट और म्युचूअल फंड के विज्ञापन के नीचे छोटे अक्षरों में लीखा होता हैं की म्युचूअल फंड और शेयर मार्केट में निवेश करना बाजार जोखिम के अधीना हैं, कृपया निवेश करने से पहले बाजार से संबंधीत सभी दस्तावेजों को ध्यान से पढ़े। इसलीये हमारे परिवार के जींदगी

के लीये जीतना जीवन बीमा और स्वास्थ्य बीमा चाहीये वह ना लेते हूये सारा पैसा म्युचूअल फंड और शेयर मार्केट में निवेश करना वह भी जानकारी लीये बगैर सीर्फ किसी पर भरौसा दिखाकर, यह मूर्खता हैं और फीर पैसा जाने पर आप उनको दोष भी नहीं दे सकते क्यूंकी पैसा आपका था, पूरी जानकारी लेना और नीवेश करना आपकी जीम्मेदारी होती हैं। पैसों को नीवेश करने के लीये अर्थशास्त्र के कुछ नीयम हैं उनका पालन करेंगे तो हम अधीक से अधीक धन कमा सकते हैं। अगर इसके बारे में आप जानना चाहते हैं तो इस विषय पर भी मेरे लेक्चर(Lecture) होते हैं, आप उन्हें अटेन्ड(Attend) कर सकते हैं।'

दर्शकों की भीड़ से एक आदमी कमलादेवी जी से सवाल पूछता हैं की – 'आपको तो पहले ही पता चल गया था, तो आप उन्हें हॉल में आने ही नहीं देना चाहीये था, उन्हें यहां बूलाकर बाहर क्यूं नीकाला?' इसका जवाब देते हूये कमलादेवी जी कहती हैं की – 'अगर मैंने उन्हें हॉल में आने ही नहीं दिया होता तो उन्हे उनकी गलती पता नहीं चलती, जब इस सेशन को वह लोग जब सोशल मिड़ीयां(Social Media) पर देखेंगे, तब उन्हें उनकी गलती का एहसास होगा और वैसे भी मैंने किसी से भी मेरे इस सेशन पैसे नहीं लीये हैं, बल्की टिकट दिखाने पर यहां उपस्थीत लोगों के आने जाने का किराया भी दे चूकी हूं। उम्मीद करती हूं के आपको आपके सवाल का जवाब मिल गया होगा। खैर अब उसके बारे में बात करती हूं जीसके लीये आप सब यहां पर आये हों। मुझे लगा था की कुछ हजार ही लोग होंगे जीनकी उम्र ४० से ५० के बीच में हैं और ऐसे लोग हैं या तो उनके पास कोई कामधंदा नहीं हैं, पैसों की तंगी हैं कारण जो भी हो, या तो फीर जीनकी नौकरी चली गयी हैं, पैसों की तंगी हैं, या तो फीर दोनों ही तरह के लोग हैं और रोजगार ढूंढ रहे हैं। इसलीये मैंने सीर्फ १ दिन के लीये हॉल बूक(Book) कीया था। लेकीन हमारे पास इतने सारे लोगों के फॉर्म आये की हमें ३ दिनों के लीये दिन में ३ बार सेशन रखने पड़े। यहां मौजूद हर व्यक्ति को मेरे कंपनी(Company) में नौकरी लग चूकी हैं। आपका काम होगा सोशल मिड़ीयां पर मेरे जीतने भी चैनल(Channel) हैं और उन पर जीतने भी वीड़ीयोज(Videos), फोटोज(Photos) और पोस्ट(Post) हैं उन्हे आखीर तक देखना हैं और

फिर लाईक(Like) और सबस्क्राईब(Subscribe) करना हैं बस। इस काम के लीये आपकी ग्रॉस सैलरी(Gross Salary) होगी सालाना ६ लाख ६० हजार रूपये।' तभी सारे दर्शक खुशी से चील्लाते हुये घोषणा करते हैं की – 'कमलादेवी जी की जय हो, कमलादेवी जी की जय हो।' दर्शकों को शांत करते हुये कमलादेवी जी कहती हैं की – 'लेकीन इनमें से हर साल सालाना ३ लाख ५१ हजार १५ सालों तक जीवन बीमा में नीवेश होंगे और हर साल सालाना १० हजार आपके स्वास्थ्य बीमा में नीवेश होंगे। ऐसा इसलीये होगा क्यूंकी रहने के लीये मकान और खाना पीना हमारी कंपनी की तरफ से आपको दिया जायेगा, तो आपको महीने का खर्च १५ हजार से ज्यादा नहीं आयेगा, यहां तो फीर भी तकरीबन ९ हजार रूपये हर महीना आपके हाथ में बच रहे हैं।' अपने बात को जारी रखते हुये आगे कमलादेवी जी कहती हैं की – 'दूसरा कारण यह हैं की हर साल सालाना ३ लाख ५१ हजार १५ सालों तक जीवन बीमा में नीवेश किया तो १६ वे साल से आरको हर साल ३ लाख ६० हजार रूपये आपके १०० साल पूरे होने तक मिलेंगे, इसके अलावा आपको १०० वे साल ३ करोड़ १२ लाख ७५ हजार रूपये भी मिलेंगे।' कमलादेवी जी की बातों को काटते हुये दर्शकों में से एक आदमी बोलता हैं की – '१०० साल तक कौन जी पाता हैं, आज के जमाने में अगर आदमी ७० सालों तक जींदा रहा तो भी बहुत हैं, तो अगर किसी व्यक्ति की ७० वे साल में मृत्यु हुई तो?' उस पर जवाब देते हुये कमलादेवी जी कहती हैं की – 'उस स्थिती में आपके नॉमिनी(Nominee) को १ करोड़ रूपये मिलेंगे, आपने हर महीने के ३० हजार रूपये तो ले लीये हैं, साथ ही में आपके बेटा-बेटी या पोता-पोती को १ करोड़ रूपये मिलेंगे।' कमलादेवी जी की यह बात सुनते ही वहां उपस्थीत सभी दर्शक कमलादेवी जी की जय हो यह घोषणा बाजी शुरू करते हैं। उन्हें शांत करते हुये कमलादेवी जी कहती हैं की – 'तीसरा कारण यह हैं की इससे टैक्स(Tax) में भी बचत होगी। इसका मतलब जब तक आप नौकरी पर हैं तब तक आपको हर महीने २४ हजार ९०० तनखाह मिलेगी और नौकरी के बाद हर महीने ३० हजार पेन्शन(Pension) मिलेगी और रहा सवाल पीएफ(PF) का उसके सारे पैसे हमारी कंपनी भरेगी, उसके पैसे आपके तनखाह से नहीं

कटेंगे। इसी के साथ में अपना सेशन समाप्त कर रहीं हूं, जय हींद, जय भारत।' जैसे ही कमलादेवी जी यह बात कहकर अपनी बात पूरी करती हैं वैसे ही पूरे हॉल में कमलादेवी जी की जय हों, कमलादेवी जी की जय हों यह नारा गुंजने लगता हैं और फीर धीरे धीरे करके सारे लोग वहां से चले जाते हैं। हॉल से बाहर नीकलने के बाद जब कमलादेवी जी अपने कार(Car) में बैठती हैं तभी उनकी सेक्रेटरी(Secretary) उन्हें याद दिलाती हैं की – 'मैड़म(Madam) कल आपका सेशन हैं औप उसके बाद न्युज चैनल(News Channel) के साथ आपका इंटरव्यु(Interview) हैं।' कमलादेवी जी अपने सेक्रेटरी को ठीक हैं ऐसा कहती हैं और फीर अपने ड्रायवर(Driver) से कहकर पहले अपने सेक्रेटरी को उसके घर छोड़ती हैं फिर वह अपने घर पहूंचने के बाद अपने ड्रायवर को उसके घर लौटने को कहती हैं और कल समय पर आने को कहती हैं।

Driver –चालक Interview-मुलाखात News-समाचार Secretary-व्यक्तिगत सचीव Madam-महोदया Car-गाड़ी Provident Fund (PF)-भविष्य निधि Pension-वृत्ति Tax-कर Nominee-नामांकित व्यक्ति Gross Salary-सकल वेतन Like-पसंद Subscribe-सदस्यता स्वीकार करना Photos-तस्वीरें Hall-विशाल कक्ष Stage-मंच Audience-दर्शक Attend-भाग लेना Lecture-भाषण Life Insurance Corporation Of India (LIC)-भारतीय जीवन बीमा नीगम Plan-योजना Tax Free-शुल्क माफ Share Market-शेयर बाजार Bank Security Guard-सुरक्षा कर्मी List-सूची Session-सत्र

3

मोटीवेशनल स्पीकर(Motivational Speaker) कमलादेवी जी

अगले दिन प्रातःकाल ५ बजे अलार्म(Alarm) बजता हैं, अलार्म को बंद करते हुये कमलादेवी जी उठ जाती हैं। सुबह जल्दी उठ जाने के बाद वह ब्रश(Brush) कर लेती हैं। फीर वह मेड़ीटेशन(Meditation) करती हैं, उसके बाद योगा करती हैं और यह सब कुछ होने के बाद नहाने चली जाती हैं। नहाकर आने के बाद वह सुबह ८ बजे नाश्ता कर लेती हैं और फीर अखबार की खबरें पढ़ती हैं। सुबह ५ बजे से लेकर सुबह ८ बजेतक कमलादेवी जी का यही डेली रूटीन(Daily Routine) होता हैं फीर चाहे कमलादेवी जी को रात को सोने के लीये रात के २ ही क्यों ना बज जाये। सुबह ८:३० बजे उनकी सेक्रेटरी उन्हे लेने आ जाती हैं और फीर कमलादेवी जी अपने सेक्रेटरी के साथ अपने कार में बैठकर लोकेशन(Location) पर पहूंचने हेतू रवाना होती हैं।

सुबह ९ बजे तक कमलादेवी जी हॉल पर पहूंच जाती हैं और फीर स्टेज पर अनाउंसमेंट(Announcement) होती हैं की - "हमारी मोटीवेशनल स्पीकर(Motivational Speaker) कमलादेवी जी स्टेज पर आ रही हैं कृपया उनका तालीयों से जोरदार स्वागत कीजीये।" जैसे ही कमलादेवी जी स्टेज पर आती हैं, वहां उपस्थीत लोग उनका स्वागत जोरदार तालीयों के साथ करते हैं। तालीयों की कड़कड़ाहट कम होने के बाद कमलादेवी जी कहती हैं की – 'आज आप सवाल पूछेंगे और मैं कोशीश करूंगी की आपको सही जवाब देते हुये मार्गदर्शन करू।' उसने में ही ऑड़ीयन्स में से एक महीला कमलादेवी जी से सेवाल करते हुये पूछती हैं की – 'कमलादेवी जी हमने कुछ मोटीवेशनल स्पीकर को कहते हुये सुना हैं की जीवन बीमा का एंड़ोवमेंट प्लान(Endowment Plan) में नीवेश नहीं करना चाहीये, सीर्फ टर्म इंशोरंस(Term Insurance) लेनी चाहीये और जो पैसे आप जीवन बीमा के एंड़ोवमेंट प्लान में नीवेश ना करके बचाते हों उन्हे शेअर मार्केट में लगाना चाहीये, तो क्या सच में जीवन बीमा के एंड़ोवमेंट प्लान में नीवेश नहीं करना चाहीये? कृपया हमारा मार्गदर्शन करें।' उस महीला का सवाल खत्म होने के बाद कमलादेवी जी सर्वप्रथम उस महीला से उनका नाम पूछती हैं और वह महीला कमलादेवी जी को जवाब देते हुये अपना नाम मिना बताती हैं। फीर मिना जी को जवाब देते हुये कमलादेवी जी कहती हैं की – 'मिना जी मैं आपके सवाल का जवाब जरूर दूंगी लेकीन उससे पहले यहां उपस्थीत सभी दर्शकों से मैं एक कार्य करवाना चाहती हूं, आपको कोई आपत्ती तो नहीं हैं ना?' मिना जी कमलादेवी जी को जवाब देते हुये कहती हैं की – 'जी मुझे कोई आपत्ती नहीं हैं।' मिना जी का जवाब सूनने के बाद कमलादेवी जी वहां उपस्थीत दर्शकों को कार्य को समझाते हुये कहती हैं की – 'यहां उपस्थीत सभी दर्शकों एक कागज और कलम दिये जायेंगे, आरको उस कागज पर कलम की सहायता से एक घर बनाना हैं, ऐसा जरूरी नहीं की एक चीत्रकार की तरह एकदम असली दिखाई देना चाहीये, आपको बस घर बनाना हैं, शर्थ यह हैं की आपको मेरे आंखों के सामने बनाना होगा। पहले मैं एक व्यक्ति के पास जाऊंगी फीर वह व्यक्ति मेरी आंखों के सामने घर बनाना शुरू करेगा। जैसे ही उस व्यक्ति का

घर बनाने का कार्य समाप्त हो जायेगा मैं उसके बगल वाले व्यक्ति के पास जाऊंगी फीर वह व्यक्ति भी मेरी आंखों के सामने घर बनाना शुरू करेगा। जैसे ही उस व्यक्ति का घर बनाने का कार्य समाप्त हो जायेगा मैं उसके बगल वाले व्यक्ति के पास जाऊंगी। ऐसा करते हुये मैं एक एक करके यहां उपस्थीत सभी दर्शकों के पास जाऊंगी और वह सभी दर्शक मेरी आंखों के सामने घर बनाने का कार्य करेंगे। क्या यहां उपस्थित सभी दर्शकों को मेरी बात समझ में आयी?' वहां उपस्थित सभी दर्शक अपनी हामी भरते हुये कमलादेवी जी के सवाल का हां जवाब देते हैं और कार्य शुरू हो जाता हैं। जैसे ही कार्य समाप्त हो जाता हैं कमलादेवी जी स्टेज पर मौजूद व्हाईट बोर्ड(White Board) के पास जाती हैं और कहती हैं की वैसे तो ज्यादा तर लोगों ने घर हम बचपन में बनाते थे वैसा ही बनाया, लेकीन कुछ लोगों ने अलग तरह से घर का चीत्र बनाया वह में नीकानके दिखाती हूं। फीर कमलादेवी जी स्टेज पर मौजूद व्हाईट बोर्ड पर कुछ दर्शकों व्दारा बनाया हुआ वह चीत्र बनाकर दिखाती हैं।

कमलादेवी जी ने बनाया हुआ चीत्र दिखाते समय वह कहती हैं की – 'जब मैंने उनसे पूछा की यह क्या हैं तो उन दर्शकों ने कहां की यह ३ मालें की इमारत हैं।' कमलादेवी जी की यह बात सुनते ही वहां मौजूद दर्शक जोर जोर से हंसने लगते हैं और हंस हंस की लौटपोट हो जाते हैं। दर्शकों को शांत करते हुये कमलादेवी जी कहती हैं की – 'जोक्स अ पार्ट(Jokes Apart) मगर मुझे बताते हुये खेद हो रहा हैं की यहां मौजूद कोई भी दर्शक इस कार्य में सफल नहीं हुआ क्यूंकी सभी दर्शकों ने घर को छत से बनाना शुरू किझा, क्या असल जींदगी में कभी घर को छत से बनाते हुये देखा हैं?' अपनी बातों को जारी रखते हुये आगे कमलादेवी जी कहती हैं की – 'अब में मिना जी व्दारा पूछे गये सवाल पर आती हूं, अगर आप चाहते हों के आपकी जींदगी बेहतर बनें तो आपको अर्थशास्त्र के सातवे नीयम फायनांशीयल पीरैमीड(Financial Pyramid) को समझना होगा। जैसे असल जींदगी में अगर ऊंची और मजबूत इमारत खड़ी करनी हों तो उसका बेस(Base) मजबूत होना चाहीये बील्कूल पीरैमीड(Pyramid) की तरह। जैसे पीरैमीड में सबसे ज्यादा मजबूत उसका बेस होता हैं, उससे थोड़ा कम मजबूत उसके ऊपर

वाला हीस्सा, उससे थोड़ा कम मजबूत उसके ऊपर वाला हीस्सा, ऐसा करते हुये सबसे ज्यादा ध्यान पीरैमीड़ के बेस को मजबूत करने में दिया जाता हैं और सबसे कम कारीगरी छत बनाने में कीयी जाती हैं असल जींदगी में भी हमें सबसे ज्यादा ध्यान बेस को मजबूत करने में देना चाहीये और हमारी जींदगी का बेस हैं टर्म इंशोरंस(Term Insurance) और स्वास्थ्य बीमा लेना वह भी जीतनी हमारी हर महीने की सैलरी हैं उसके २०० गुना। चलीये इसे हम एक उदाहरण के माध्यम से समझने की कोशीश करते हैं। मान लेते हैं की एक व्यक्ति हैं जो हर महीने २० हजार रूपये कमा लेता हैं, तो उसे २० हजार का २०० गुना यानी की ४० लाख सम अश्योरड़(Sum Assured) का टर्म इंशोरंस लेना चाहीये और स्वास्थ्य बीमा भी कम से कम २५ लाख सम इंशोरड़(Sum Insured) का लेना चाहीये। ऐसा इसलीये करना चाहीये क्यूंकी आज के दौर पर दुर्घटनाये काफी होती हैं और इसी दुर्घटना के कारण यदि घर के कमानेवाले इन्सान की मौत हो जाये तो उस इन्सान के घरवालों को ४० लाख मिलेंगे, जीन्हे यदि बैंक में एफ ड़ी कराये तो उन्हे ६ प्रतिशत के हिसाब से सालाना २ लाख ४० हजार मिलेंगे यानी की वह लोग हर महीना २० हजार नीकाल पायेंगे।' कमलादेवी जी थोड़ा सा पॉज(Pause) लेती हैं फीर अपने बातचीत को आगे बढ़ाते हुये कहती हैं की – 'हमारे जींदगी में कई पड़ाव ऐसे हैं जो अटल हैं जैसे की बच्चे का जन्म, कॉलेज(College) की पढ़ाई का खर्चा, ग्रेजूएशन(Graduation) और पोस्ट ग्रेजूएशन(Post Graduation) का खर्चा, बच्चों की शादी का खर्चा और फिर आखीर में रिटायरमेंट(Retirement) का खर्चा। इन खर्चों का बोझ उठाने के लीये एल आय सी(LIC) की एंड़ोवमेंट(Endowment) पॉलीसी लेनी चाहीये क्यूंकी एल आय सी के पॉलीसी के ऊपर सोव्हेरीयन गैरंटी(Sovereign Guarantee) हैं। यानी की किसी भी कारण यदि एल आय सी कंपनी अपने पॉलीसी होल्ड़र(Policy Holder) को किसी भी कारण पैसे नहीं दे पायी, हालाकी ऐसा संभव नहीं हैं क्यूंकी एल आय सी कंपनी को हर साल इंक्रीसींग मार्जीन(Increasing Margin) में प्रॉफीट(Profit) होता हैं, यानी की पहले साल जीतना फायदा हुआ अगले साल उससे कई गुना ज्यादा फायदा होना। इसके अलावा भी देखा

जाये तो एल आय सी कंपनी का एसेट्स टर्नओवर(Assets Turnover) भी कई गुना ज्यादा हैं। फीर भी अगर एल आय सी कंपनी अपने पॉलीसी होल्डर को किसी भी कारण पैसे नहीं दे पायी तो उन पॉलीसी होल्डर को पैसे भारत सरकार देगी। इसका मतलब एल आय सी कंपनी ने पॉलीसी होल्डर को जीतने पैसे देने का वादा किया हैं वह रक्कम पॉलीसी होल्डर को १०० टक्का जरूर मिलेगी। वहीं अगर लोग अपने पैसे एल आय सी कंपनी की एंड़ोवमेंट पॉलीसी पर ना लगाकर शेयर मार्केट में नीवेश करें तो २ पॉसीबीलीटी(Possibility) हो सकती हैं, एक या तो उन्हें शेयर मार्केट से काफी पैसे मिलेंगे, वैसे तो ऐसा होना बहोत मुश्कील हैं क्यूंकी अक्सर लोग किसी के भी बहकावे में आकर कम समय में ज्यादा पैसे पाने की लालच में अपना पैसा नीवेश करते हैं, खुद रिसर्च(Research) नहीं करते। परिणाम भारत में में शेयर मार्केट में नीवेश करने वाले लोगों की संख्या ज्यादा होने के बावजूद सीर्फ गीने चूने लोग ही शेयर मार्केट से मोटी रक्कम कमा पाते हैं। दूसरी पॉसीबीलीटी यह हैं की यदि नूकसान होता हैं तो, क्यूंकी शेयर मार्केट खुद अपने एड़वर्टाइजमेंट(Advertisement) में बताता हैं की शेयर मार्केट में नीवेश करना जोखीम भरा कार्य हैं, थोड़ी देर के लीये मान लेते हैं की किसी व्यक्ति ने अपने बेटी की शादी का खर्चा उठाने के लीये अपने पैसे शेयर मार्केट में नीवेश किये और उन्हे शेयर मार्केट में नुक्सान हुआ। अब शादी कराने के लीये तो ज्यादा खर्चा होता हैं, अब वह खर्चा उठाने के लीये उस व्यक्ति को कर्जा लेना पड़ेगा वह भी भारी भरखम, जीसका सीधा मतलब हैं की वह व्यक्ति आगे कभी पैसा बचा ही नहीं पायेगा क्यूंकी उसकी सैलरी कर्जे की रक्कम की कीश्ते चूकाने में चली जायेंगी। इसी कारण ऐसे पड़ाव के लीये एल आय सी कंपनी के एंड़ोवमेंट प्लान लेना चाहीये ना की ऐसी जगह नीवेश करना चाहीये जहां पर नूकसान होने की संभावना हों जैसे की शेयर मार्केट।' अपनी बातों को जारी रखते हुये आगे कमलादेवी जी कहती हैं की – 'हम जींदगी में कई भौतिक सुखों का आनंद लेना चाहते हैं जैसे की देश-विदेश घूमना, ५ स्टार या ७ स्टार होटल में खाना खाने जाना, कार लेना, हवाई जहाज से यात्रा करना, हेलीकॉप्टर(Helicopter) से यात्रा करना इत्यादी इन भौतीक सुखों को

पाने के लीये हम नीवेश करते समय जोखिम उठा सकते हैं, इन सुखों के लीये आप शेयर मार्केट, म्युचूअल फंड्स(Mutual Funds), प्रॉपर्टी इनवेस्टमेंट(Property Investments) इत्यादी में नीवेश कर सकते हैं क्यूंकी अगर नूकसान भी होता हैं तो उसका असर लोगों के रोजमर्रा के जींदगी पर नहीं होगा। तो इस तरह से हमे हमारी जींदगी की कमाई का हीस्सा सबसे पहले टर्म इंशोरंस और आरोग्य बीमा बादमें एल आय सी कंपनी के एंड़ोवमेंट प्लान नीवेश करना चाहीये और भौतीक सुखों के लीये सबसे आखीर में जोखीम वाले प्लान में नीवेश कर सकते हैं।' कमलादेवी जी की यह बात समाप्त होने के बाद दर्शकों में से एक आदमी कमलादेवी जी से सवाल पूछती हैं की – 'नमस्ते कमलादेवी जी, मेरा नाम अरमान हैं और मैं २१ साल का एल आय सी एजंट(LIC Agent) हूं, मैं जब भी किसी की पॉलीसी नीकालने जाता हूं लोग मुझे मना कर देते हैं, जीस कारण मैं काफी ड़ीमोटीवेट हो चूका हूं, मैं आपसे यह जानना चाहता हूं की क्या ऐसा कोई तरीका या स्क्रीप्ट हैं जीसे सुनने के बाद कोई भी व्यक्ति तुरंत पॉलीसी नीकलवाने राजी हो जाये।' अरमान के इस सवाल का जवाब देते हुये कमलादेवी जी कहती हैं की – 'अरमान जी आप सोचों की २ लड़के हैं 'ए(A)' और 'बी(B)' लड़का 'ए' जो हैं वह एक लड़की को २०० बार प्रपोज करता हैं वहीं दूसरी ओर लड़का 'बी' जो हैं वह २०० लड़कीयों को एक बार प्रपोज करता हैं अब आप मुझे यह बताओ की किस लड़के को लड़की पटंने की भारी संभावना हैं लड़का 'ए' या लड़का 'बी' और क्यूं?' कमलादेवी जी के इस प्रश्न का उतर देते हुये अरमान कहते हैं की – 'लड़का 'बी' क्यूंकी वह ज्यादा लड़कीयों तक पहुंचा' अरमान व्दारा दिया गया जवाब सुनने के बाद कमलादेवी जी कहती हैं की – 'बील्कूल सहीं, अरमान जी मैं आपको बताना चाहूंगी की लोगों को एल आय सी बेचना बहुत कठीन कार्य हैं इसीलीये तो कंपनी इंशोरंस एजंट को ३५ प्रतिशत तक कमीशन(Commission) देती हैं। अगर आपको इस फील्ड(Field) में कामयाब होना हैं तो आपको ज्यादा से ज्यादा ग्राहकों तक पहुंचना होगा। मैं यह नहीं कह रही की पूराने प्रॉस्पेक्ट(Prospect) को फॉलो अप(Follow up) करना छोड़ दो। पूराने प्रॉस्पेक्ट को फॉलो अप करने के साथ साथ ज्यादा से ज्यादा लोगों तक पहुंचने की कोशीश

करों। लेकीन उससे पहले अपने मार्केटींग को पहले सुधारों। इसके लीये बाजार में कई कोर्सेस मौजूद हैं जैसे की स्टोरी टेलींग(Story Telling), वॉईस मॉड्यूलेशन(Voice Modulation), पर्सनालीटी ड़ेवलपमेंट(Personality Development) इत्यादी। इसके साथ ही जब भी मार्केट में नीकलों सूट पहन कर ही नीकलना, इससे आपके पॉलीसी बिकने की संभावना बढ़ जायेगी, वैसे मैंने लड़की पटाने वाला उदाहरण सीर्फ आपके समझाने के लीये दिया था इन चक्कर में पड़ना मत, पहले नाम कमाओ कामयाब बनों, शादी के लीये अच्छी लड़की अपने आप मिल जायेगी।' कमलादेवी जी की यह बात सूनकर वहां मौजूद लोग जोर जोर से हंसने लगते हैं इसके बाद कमलादेवी जी अरमान की सराहना करते हुये कहती हैं की – 'वैसे तारीफ तो आपकी भी करनी होगी क्यूंकी आपके उम्र के लोग मौजमस्ती करना पसंद करते हैं वही आप खुदका करिअर बनाने की कोशीश में हो।' इसके बाद कमलादेवी जी अरमान से पूछती हैं की – 'अरमान जी क्या आपको जवाब मिला?' अरमान कमलादेवी जी से कहता हैं की – 'जी समझ आ गया।'

कमलादेवी जी की यह बात समाप्त होने के बाद दर्शकों में से एक महीला कमलादेवी जी से सवाल पूछती हैं की – 'क्या दान करने से किसी व्यक्ति को पूण्य मिलता हैं?' उस महिला के सवाल का जवाब देते हुये कमलादेवी जी कहती हैं की – 'दान करने से हमेशा पूण्य मिले ऐसा जरूरी नहीं हैं, चलीये इसे एक उदाहरण के माध्यम से समझते हैं। दो आदमी हैं, 'मिस्टर ए (Mr. A)' और 'मिस्टर बी (Mr. B)', दोनों भी आदमी अपने अपने समय के काफी प्रतिभाशाली व्यक्ति हैं। दोनों ने अपने अपने क्षेत्र में महारत हासील कीयी हैं। दोनों को महारत हासील करने के लीये काफी कठीनायीओं का सामना करना पड़ा। दोनों का जीवन काफी संघर्षमय रहा। फर्क सीर्फ इतना ही था की जो 'मिस्टर ए' हैं उन्हों ने अपने जीवन में काफी लोगों को को दान दिये हैं। यहां तक की देवताओं को भी दान दिये हैं। उनके यहां से कभी कोई व्यक्ति खाली हाथ नहीं गया हैं, यहां तक की देवताएं भी नहीं। वही अगर 'मिस्टर बी' की बात करें तो उन्होंने कई लोगों का, समाज का, देश का उध्दार किया। उनके कारण ही आज आम लोगों को भी मानव अधीकार मिल

पाये हैं। क्या आपमें से कोई पहचान पाया हैं की 'मिस्टर ए' और 'मिस्टर बी' कौन हैं?' कमलादेवी जी व्दारा यह सवाल पूछने पर दर्शकों में से कई लोग अपने हाथ खड़े कर देते हैं, उन दर्शकों में से एक दर्शक को कमलादेवी जी उनके सवाल का जवाब देने के लीये चूनती हैं और वह आदमी जवाब देते हूये कहता हैं की 'मिस्टर ए' हैं 'महारथी कर्ण' और 'मिस्टर बी' हैं भारतरत्न डॉ. बाबासाहेब आंबेड़कर जी। उस आदमी का जवाब सूनकर कमलादेवी जी उस आदमी से उसका नाम पूछती हैं और कमलादेवी जी को वह आदमी अपना नाम कपील बताता हैं। नाम जानने के बाद कपील जी की तारीफ करते हूये दर्शकों से कहती हैं की कपील जी के लिये जोरदार तालीया बजाये। कमलादेवी जी की बात सूनकर वहां मौजूद सारे दर्शक कपील जी के लिये जोरदार तालीया बजाते हैं और कमलादेवी जी भी उनके लीये तालीयां बजाती हैं। उसके बाद कमलादेवी जी दर्शकों को शांत करते हूये कहती हैं की – 'परिणाम आप सबके सामने हैं, अपने जीवन में देवताओं को दान करने के बावजूद भी वह अर्जून से हारे, सीर्फ इतना ही नहीं उनकी मृत्यू के बाद उन्हें नर्क में जाना पड़ा था, जब युधीष्ठीर नर्क में आये तभी कर्ण अपने पांचो भाईयों के साथ स्वर्ग में आ पाये थे। वही अगर डॉ. बाबासाहेब आंबेड़कर जी की बात करें तो उन्होंने किये हूये सामाजीक कार्यों के कारण उनकी ख्याती सीर्फ भारत देश में ही नहीं बल्की विदेशों में भी हैं। दूनीया भर में उनके पूतले हैं। उन्हें भारतरत्न पूरस्कार भी मिला हैं। उनका जन्मदिवस केवल भारत में ही नहीं बल्की पूरी दूनीया में मनाया जाता हैं।'

कमलादेवी जी की बात खत्म होने के बाद दर्शकों में से एक पुरूष कमलादेवी जी से पूछते हैं की – 'क्या भगवान सच में होते हैं?' उस पुरूष के सवाल का जवाब देते हूये कमलादेवी जी पूछती हैं की – 'सबसे पहले मैं जानना चाहती हूं की यहां पर मौजूद कौन कौन भगवान में यकीन करते हैं? कृपया वह लोग अपना हाथ ऊपर करें।' कमलादेवी जी की यह बात सूनकर दर्शकों में मौजूद काफी सारे लोग अपना हाथ खड़े करते हैं। उसके बाद कमलादेवी जी पूछती हैं की – 'अब यहां मौजूद जो भी लोग भगवान में यकीन नहीं करते हैं? कृपया वह लोग अपना हाथ ऊपर करें और अपनी जगह पर खड़े हो जाये।' कमलादेवी जी की

यह बात सूनकर दर्शकों में मौजूद कुछ लोग अपना हाथ ऊपर करते हैं और अपनी जगह पर खड़े हो जाते हैं। इसके बाद कमलादेवी जी यह कहती हैं की – 'अब मुझे यह बताओं की यहां पर सायन्स स्टूड़ेंट कौन कौन हैं?' कमलादेवी जी की यह बात सूनकर दर्शकों में खड़े हुये लोगों में से तीन लोग अपना हाथ ऊपर ऊठाते हैं। इसके बाद कमलादेवी जी क्रू मेंबर्स(Crew Members) से कहती हैं की – 'यहां पर मौजूद इन तीनों सायन्स स्टूड़ेंट को एक एक माईक(Mike) दो और जहां अभी लोग खड़े हैं उस हर लाईन(Line) में एक माईक दो, ताकी मेरे व्दारा सवाल पूछने पर इनमे से जीन्हे भी मेरे सवाल का जवाब आता हों उन्हे जवाब देने में कठीनाई ना आये।' कमलादेवी जी के आदेश के मुतावीक लोगों को माईक दिये जाते हैं। इसके बाद कमलादेवी जी उन लोगों को पूछती हैं की – 'आप लोगों का मानना हैं की सायन्स(Science) के पास सारे सवालों का जवाब हैं करेक्ट(Correct)?' वहां खड़े लोग एक एक करते हुये कमलादेवी जी से कहते हैं की – 'हां, हमें पूरा यकीन हैं की सायन्स के पास सारे सवालों का जवाब हैं।' इसके बाद कमलादेवी जी उन लोगों को सवाल पूछते हुये कहती हैं की – 'इन्सानों को जीन्दा रहने के लीये हार्टबीट(Heartbeat) जरूरी होती हैं करेक्ट(Correct)?' वहा खड़े लोग एक एक करते हुये कमलादेवी जी से कहते हैं की – 'हां, इन्सानों को जीन्दा रहने के लीये हार्टबीट जरूरी हैं।' उसके बाद फीर कमलादेवी जी पूछती हैं की – 'अगर इन्सानों को जीन्दा रहने के लीये हार्टबीट जरूरी हैं, तो मुझे यह बताओं की हार्टबीट के बगैर पहले तीन महीने बच्चा मॉं के पेट में जींदा कैसे रहता हैं?' कमलादेवी जी व्दारा पूछे गये इस सवाल का ना केवल तीनों सायन्स स्टूड़ेंट के पास था बल्की वहां खड़े हुये बचे हुये ७ लोगों के पास भी नहीं था। फीर कमलादेवी जी कहती हैं की – 'अगर आप में से किसी के भी पास इस सवाल का जवाब नहीं हैं तो कृपया आप बैठ जाईये।' कमलादेवी जी के इस सवाल का जवाब न होने के कारण वहां खड़े १० लोग बैठ जाते हैं। उसके बाद अपनी बात आगे बढ़ाते हुये कहती हैं की – 'दूनीयां में ऐसी कई सारी चीजें हैं जीनका जवाब विज्ञान के पास नहीं हैं, उसे विज्ञान की भाषा में पैरानॉर्मल सायन्स(Paranormal Science) कहते हैं। मैंने हार्टबीट वाली बात इसलीये बताई क्यूंकि इसके

बारे में सभी को जानकारी हैं। इससे साफ जाहीर होता हैं की दूनीयां में भगवान का अस्तीत्व हैं। वैसे तो हवा भी हमें अपने आंखों से दिखाई नहीं देती, तो क्या हम यह कह सकते हैं की हवा एक अफवा हैं, हवा का कोई अस्तीत्व नहीं हैं, नहीं ना, तो फीर भगवान के अस्तीत्व पर सवाल क्यूं? हां एक चीज में जरूर कहूंगी की भगवान पर श्रध्दा रखों अंधश्रध्दा नहीं। भगवान पर विश्वास रखों अंधविश्वास नहीं। बात अगर विश्वास और अंधविश्वास की करें तो दोनों में एक बारीक लाईन का फासला हैं। हमारे जीवन में आगर हम सही दिशा में मेहनत करेंगे, देश के सभी कायदे और कानून का पालन करेंगे, अपने काम पर फोकस(Focus) करेंगे तो भगवान हमें उसका फल जरूर देंगे यह विश्वास हैं। वहीं अगर किसी को लगता हैं की भगवान को किसी इन्सान या किसी जानवर की बली का चढ़ावा देकर, या फीर भूखे रहकर, या फीर नंगे पैर मंदिर तक चलकर भगवान हम पर प्रसन्न होंगे फीर चाहे आप शराब पीकर हंगामा करते होंगा, हींसा करते होंगे, औरतों पर अत्याचार करते होंगे, और आप एक्सपेक्ट(Expect) करेंगे की भगवान आपकी मनोकामना पूरी करेंगे तो माफ करना ऐसा बील्कूल भी नही होगा। सभी बातों का कनक्लूजन(Conclusion) यह हैं की भगवान पर श्रध्दा रखों अंधश्रध्दा नहीं, भगवान पर विश्वास रखों अंधविश्वास नहीं।'

कमलादेवी जी की बात खत्म होने के बाद दर्शकों में से एक पुरुष कमलादेवी जी से पूछते हैं की – 'मेरा नाम अभीशेक हैं और मैं एक्टर(Actor) बनना चाहता हूं, मगर मेरे घरवाले चाहते हैं की मैं कोई सरकारी नौकरी या फीर कोई प्राईवेट जॉब(Private Job) करूं, मैं करूं तो क्या करूं?' अभीशेक को जवाब देते हुये कमलादेवी जी कहती हैं की – 'इसमें आपके माता-पिता की कोई गलती नहीं हैं, उन्हें भी उनके माता-पिता ने यहीं कहां था जो आज उन्होंने आपसे कहां। जब तक आप एक एक्टर बनकर कामयाबी और शौहरत हासील नहीं कर लेते उन्हें बील्कूल भी यकीन नहीं होगा की आप जो कर रहें हों वह सही हैं। उन्हें यह चींता हैं की उनकी मृत्यू के बाद आपका क्या होगा। अगर आप एक एक्टर बनकर कामयाबी और शौहरत हासील करते हों तो सबसे ज्यादा खुशी आपके माता-पिता को हीं होगी। उन्हें गलत साबीत होने का कोई गम

नहीं होगा। अगर आपको एक एक्टर बनकर अपना करीअर(Career) बनाना हैं तो पूरा प्रयास करें और एक कामयाब एक्टर बनकर दिखाये।' अचानक बादलों की गड़गड़ाहट और बिजली की कड़कड़ाहट के कारण साधूजी की कहानी सुनाने की लींक(Link) टूट जाती हैं और फीर साधूजी संदेश से कहते हैं की – "बारीश गीरने के आसार नजर आ रहे हैं, इससे बचने के लीये हमें कोई सुरक्षीत जगा ढूंढनी पड़ेगी।" इतना कहकर साधू बारीश से बचने के लीये जगह ढूंढना शुरू करते हैं। उन्हें इस कार्य में सफलता मिलती हैं और वे दोनों उस जगह चले जाते हैं और जोरों की बारीश शुरू हो जाती हैं। इसके बाद साधू संदेश को अपने कमर से नीचे उतारते हैं और उसे कहते हैं की – "जब तक बारीश पूरी तरह रूक नहीं जाती हमें बारीश से बचने के लीये यहीं खड़े रहना होगा।" संदेश को साधूजी का यह कथन उचीत लगता हैं और वह साधूजी के साथ उस जगह पर बारीश खत्म होने तक खड़े रहने के लीये तैय्यार हो जाता हैं।

Link-संपर्क Career-पेशा Private Job-निजी नौकरी Actor-अभिनेता Conclusion-निष्कर्ष Heart Beat-दिल की धड़कन Paranormal Science-अपसामान्य विज्ञान Check-जॉच Focus-ध्यान केंद्रीत करना Expect-अपेक्षा करना Correct-सही Crew Members–चालक दल के सदस्य Mike–ध्वनि विस्तारक Science-विज्ञान Line-कतार Personality Development-व्यक्तित्व विकास Story Telling-कहानी सुनाना Field-क्षेत्र Prospect-नये ग्राहक खोजना Follow up-याद दिलाना Helicopter-घीरनीदार विमान Property-संपत्ती Investment-निवेश Advertisement-विज्ञापन Research-खोज Increasing Margin-बढ़ता हुआ माप Assets Turnover-संपत्ती कारोबार Profit-फायदा Possibility-संभावना College-महाविध्यालय Graduation-स्नातक की पढ़ाई Pause-ठहराव Sum Assured-सुनिश्चित राशी Sum Insured-बीमा राशी LIC-भारतीय जीवन बीमा नीगम Pyramid-शुंडाकार स्तंभ Financial Pyramid-वित्तीय शुंडाकार स्तंभ Base-नींव Policy Holder-बीमा धारक Jokes apart-मजाक को अलग रखें White Board-सफेद फलक Motivational Speaker-प्रेरक वक्ता Announcement-

घोषणा Location-स्थान Daily Routine-दिनचर्या Meditation-ध्यान Brush Alarm-जगाने का यंत्र

घोषणा Location-स्थान Daily Routine-दिनचर्या Meditation-ध्यान Brush Alarm-जगाने का यंत्र

4

सफर कमलादेवी जी की कामयाबी का

साधूजी संदेश को कहानी सुनाना फीरसे शुरू करते हैं और कहते हैं की – "अभीषेक के सवाल का जवाब देने के बाद कमलादेवी जी दर्शकों से कहती हैं की –'सेशन के समय की समाप्ती में आखीरी १० मिनट बचे हैं, आखीरी १० मिनट में मैं क्विक मनी(Quick Money) के बारे में बताउंगी। बाजार में काफी सारी फर्जी स्कीम(Scheme) चालू हैं की १ महीने में पैसों को दुगना करों, दस गुना करों। काफी सारे लोग ऐसी फर्जी स्कीम का शीकार हुये हैं और अपने पैसे गवा चूके हैं। आप ऐसी फर्जी स्कीम से दूर रहीये। इसी के साथ में आजका सेशन समाप्त करती हूं, जय हींद, जय भारत।' इसके बाद हॉल में जन-गण-मन बजता हैं और फीर सारे लोग अपने अपने घर चले जाते हैं और कमलादेवी जी अपने सेक्रेटरी के साथ अपनी गाड़ी में बैठकर अपने घर की तरफ रवाना होती हैं।

घर वापसी के दौरान रास्ते पर लंबा ट्रैफीक लगता हैं। कमलादेवी जी की सेक्रेटरी उनसे सवाल पूछती हैं की – 'मैड़म, क्या आप मुझे आपके कामयाबी का सफर सुनायेंगे क्या?' अपनी सेक्रेटरी को जवाब देते हुये कमलादेवी जी कहती हैं की - 'जरूर क्यूं नहीं' इसके बाद कमलादेवी जी अपनी सेक्रेटरी को अपने कामयाबी की कहानी सुनाते हुये कहती

हैं की –'बात लगभग १० साल पूरानी हैं जब में हमारे समाज के बाकी लोगों की तरह ट्रेन, दूकानें, रोड़ पे चल रहे मुसाफीरों से भीख मांगती थी, जहां कुछ लोग पैसे देते थे और कुछ लोग पैसे देने से मना करते थे। उन दिनों ऐसे ही मैं भीख मांगकर पैसे कमाती थी। एक दिन मैंने एक आदमी से भीख मांगी थी। मुझे लगा था की वह बाकी लोगों की तरह या तो पैसे देकर चला जायेगा या फीर भीख देने से मना करेगा और वहां से चला जायेगा। लेकीन उसने मुझसे मेरा नाम पूछने पर मैंने अपना नाम कमलादेवी बताया। उसके बाद उसने मुझसे कहां की देखने में तो आप काफी तंदूरूस्त दिखाई देती हों। आप नौकरी या फीर खुद का छोटा-मोटा बिजनेस(Business) क्यूं नहीं करती? अगर आप कामयाब हुई तो आपको काफी नाम और शौहरत हासील होगी। अब यह आपको तय करना हैं की आप सर उठाते हुये नाम और शौहरत के साथ जीना चाहते हो या फीर भीकारी की तरह जीना चाहते हो। उस आदमी व्दारा ऐसे कहे गये कथन पर मुझे गुस्सा आया और मैने उस आदमी से कहां की आप तो ऐसे बोल रहे हों की हमारे समाज के लोगों को आसानी से नौकरी मिल जाती हैं और रही बात छोटे-मोटे बिजनेस की अगर मैने चाय की टपरी खोली तो क्या आप मेरे हाथों से बनी चाय पियोगे? मेरे इस सवाल का जवाब देते हुये उस आदमी ने कहां की आप चाय की टपरी खोलकर तो देखो मैं क्या कई लोग आपकी टपरी पर चाय पीने आयेंगे। उस आदमी का जवाब सुनने के बाद मुझे और गुस्सा आया और मैने उस आदमी से कहां की पैसे देने हो तो दो वरना आगे बढ़ो, मेरा समय मत खोटी करों। मेरा जवाब सुनने के बाद उसने मेरे हाथों में १०० रुपये की नोट थमा दी और कहां की भगवान सभी इन्सानों को हीरा बनाकर धरती पर भेजा हैं, लेकीन अक्सर लोग भूल जाते हैं की हीरा बनने के लीये भी कोयले को काफी घीसना पड़ता हैं। जाते जाते वह आदमी कहता हैं की अगर समय मिले तो एक बार इंटरनेट(Internet) पर जोइता मंडल, पृथिका यशिनी के बारे में जरूर पढ़ना, इतना कहकर वह आदमी वहां से चला जाता हैं। उस आदमी के चले जाने के बाद में यही सोचकर खुश थी की चलो उस आदमी ने कम से कम सौ रूपये तो दिये। लेकीन कुछ कदम चलने पर उस आदमी व्दारा कहे गये नाम मेरे

दिमाग में घुमने लगे। इसीलीये मैंने सोचा की चलो एक बार इंटरनेट पर देख लेती हूं आखीर यह लोग हैं कौन। सबसे पहले मैंने इंटरनेट पर जोइता मंडल नाम टाईप(Type) किया तब इंटरनेट पर लीखकर आया देश की पहली ट्रांसजेंडर न्यायाधीश, उसके बाद जब मैंने पृथिका यशिनी नाम टाईप किया तब इंटरनेट पर लीखकर आया देश की पहली ट्रांसजेंडर पुलीस दरोगा। तब मैंने यह सोचा की कठीनाई तो इन्हें भी आयी होगी, अगर यह लोग कामयाब हो सकते हैं तो मैं क्यूं नहीं? फीर मैंने चाय की टपरी खोली। शुरूवात में काफी कम लोग आते थे लेकीन तकरीबन छह महीना बीतने के बाद काफी सारे लोग आने लगे। अब मैने भीख मांगना छोड़ दीया था, लेकीन मेरे सपने बड़े थे। फीर मैने सोशल मिड़ीया पर अमीर कैसे बने इसकी वीड़ीयोज देखना शुरु कीया। उसमें यह बताया था की अमीर बनने के लीये अपनी कमाई का कुछ हीस्सा एसेट्स(Assets) पर लगाओ और कुछ हीस्सा खुद पर लगाओ। मैने सोने के भाव पर नजर रखना शुरू कर दीया साथ ही में एक तरफ दीन की कमाई का १० प्रतीशद हीस्सा सोने का भाव गीरने पर खरीदने के लीये रखती गई और ५ प्रतीशद हीस्सा खुद को सुधारने के लीये रखती गई। जैसे ही सोने के भाव में गीरावट आती मैं सोना खरीद लेती और सोने का भाव बढ़ने पर उसे बेचती थी। दूसरी ओर मैंने सोशल मिड़ीया से फ्री में स्टोरी टेलींग(Story Telling), ड़ीजीटल मार्केटींग(Digital Marketing), पर्सनालीटी ड़ेवलपमेंट(Personality Development), व्हॉईस मॉड़्यूलेशन(Voice Modulation) जैसे कोर्सेस(Courses) कीये। यह सारे कोर्सेस करने के बाद मैने सोशल मिड़ीया पर खुद के स्टैंड़प कॉमेड़ी(Stand-up Comedy) विड़ीयोज ड़ालना शुरू कीये। मेरी मेहनत रंग लायी, चैनल मॉनीटाईज(Monetize) हो गया। एक तरफ लोगो को मेरी स्टैंड़प कॉमेड़ी पसंद आने लगी वही दूसरी तरफ सोशल मिड़ीया पर उन वीड़ीयोज के पैसे भी मिलने लगे। देखते ही देखते चाय की टपरी हॉटल में परिवर्तीत हूयी। सोशल मिड़ीया पर फेमस(Famous) होने के कारण मेरे होटल में ग्राहकों की कभी कमी महसूस नहीं हूई। उसके बाद मैंने अपने जीवन के ऊपर कीताब लीखी और उसे खुद पब्लीश(Publish) भी किया। मेरी लीखी हूई कीताब भी बड़ी मात्रा में

बीकने लगी और मुझे रॉयल्टी(Royalty) इनकम(Income) भी आने लगी वही दूसरी ओर पूरे देश में मेरे होटल की १००० से भी ज्यादा शाखाए खुल गई। अब मैं ना केवल मशहूर थी बल्की चारों तरफ से इतने पैसे आते थे के कभी पैसों की कमी महसूस ही नहीं होती। अब मुझे मेरे समाज के लोगों के लीये भी कुछ करना था, इसलीये मैंने उन्हे नौकरी दी और उनका भी यहीं काम था की सोशल मिड़ीयां पर मेरे जीतने भी चैनल(Channel) हैं और उन पर जीतने भी वीड़ीयोज(Videos), फोटोज(Photos) और पोस्ट(Post) हैं उन्हे आखीर तक देखना हैं और फिर लाईक(Like) और सबस्क्राईब(Subscribe) करना हैं बस। इस काम के लीये उनकी ग्रॉस सैलरी(Gross Salary) सालाना ६ लाख ६० हजार रूपये तय की। अब मेरे साथ मेरे पहचान के जीतने भी हमारे समाज के लोग हैं वह लोग भी अच्छी जींदगी जीने लगे थे। आज मेरे पास सबकुछ हैं, लेकीन मेरे लीये पहले ६ महीने काफी कष्ट दायी थे। पहले ६ महीनों में मैंने ऐसे भी दीन देखे जहां पर मुझे कई दिन भूखे पेट भी सोना पड़ा था। आज मैं कामयाब हूं इसका श्रेय केवल उस आदमी को जाता हैं। अगर उस दिन वह आदमी से मेरी मुलाकात नहीं हुई होती तो में आज भी कहीं पर भीख मांग रही होती, मैं उस आदमी से मिलकर उन्हें शुक्रीया कहना चाहती हूं।' तभी कमलादेवी जी की नजर हॉटल में बैठे एक आदमी पर जाती हैं।" तभी साधू जी की कहानी सुनाने की लींक टूट जाती हैं क्यूंकी संदेश को भूख लगी होती हैं। साधू जी उसे कुछ पैसे देते हैं और उसके लीये कुछ खाने को मंगवाने के लीये कहते हैं।

Publish-प्रकाशित करना Courses-पाठ्यक्रम Type-लीखना Assets-संपत्तीया Famous-प्रसिध्द Quick Money-जल्दी पैसा Scheme-योजना Business-व्यापार

5

एण्ड द विश कमस ट्रू(And The Wish Comes True)

बगल के दुकान से संदेश खुद के खाने के लीये वेफर्स(Wafers) लेता हैं और उसके बाद साधू जी कहानी सुनाना शुरू करते हैं और कहते हैं, "कमलादेवी जी की नजर हॉटल में बैठे एक आदमी पर जाती हैं जों की एक औरत के साथ बैठा था। कमलादेवी जी खुश हो जाती हैं क्यूंकी यह वही आदमी होता हैं जीनके बारे में कमलादेवी जी ने अपनी सेक्रेटरी को बताया था। कमलादेवी जी अपने ड्रायवर से गाड़ी को साईड(Side) में रोकने को कहती हैं और गाड़ी से उतरकर उस हॉटल में बैठे आदमी से मिलने चली जाती हैं। कमलादेवी जी को सामने देखते ही वह आदमी अपने जगह पर खड़ा होकर आदर से कमलादेवी जी का स्वागत करता हैं और कहता हैं की – 'कमलादेवी जी आप कैसे हो?' उस आदमी को जवाब देते हुये कमलादेवी जी कहती हैं की – 'मैं तो ठीक हूं, पर क्या आप मुझे पहचान पाये की मैं कौन हूं?' कमलादेवी जी के सवाल का जवाब देते हुये वह आदमी कहता हैं की – 'जी बील्कूल, मैंने उस दीन कहा था ना की एक बार चाय की टपरी खोलकर तो देखो।' उस आदमी को जवाब देते

हुये कमलादेवी जी कहती हैं की – 'आपने बील्कूल सही कहा था, उस दीन आप से मुलाकात हुई इसलीये आज मैं इतनी कामयाब हूं, वरना मैं आज भीख मांग रही होती। आप का बहोत बहोत शुक्रीया। वैसे उस दीन मैंने आपको नाम नहीं पूछा था, आपका नाम क्या हैं।' कमलादेवी जी को जवाब देते हुये वह आदमी कहता हैं की – 'मेरा नाम संदेश हैं।'" साधू जी की कहानी सुनाने की लींक फीर से टूट जाती हैं क्यूंकी संदेश साधू जी से कहता हैं की – "संदेश तो मेरा नाम हैं।" संदेश को जवाब देते हुये कहते हैं की – "इस कहानी में इस आदमी का नाम संदेश हैं।" अपनी बात आगे बढ़ाते हुये साधू जी कहते हैं की – "वैसे संदेश नाम के हजारो लोग इस दूनीया में हैं।" साधू जी की यह बात सूनकर संदेश साधू जी से कहानी आगे बढ़ाने को कहता हैं। संदेश के कहने पर साधू जी अपनी कहानी आगे बढ़ाते हैं और कहते हैं की – "उसके बाद संदेश कमलादेवी जी को उसकी बगल में खड़ी महीला से मिलाते हुये कहता हैं की – 'इनका नाम सुनैना हैं, यह मेरी बीवी संगीता की खास दोस्त हैं।' सुनैना भी कमलादेवी जी को नमस्कार करती हैं और कमलादेवी जी भी सुनैना को नमस्कार करती हैं और फीर संदेश से कहती हैं की – 'मेरी जींदगी के बारे में तो आप जानते ही होंगे, मैं आपके जींदगी के बारे में जानना चाहती हूं।'

कमलादेवी जी को जवाब देते हुये संदेश कहता हैं की – 'जब मैं आप से मिलने से पहले मेरे पास अच्छी खासी नौकरी थी, आप से मिलने के बाद अगले ही दीन मेरी नौकरी चली गई। उसके बाद ४ साल तक मुझे कोई नौकरी नहीं मिली। मेरे घर पर मेरे बीवी का बर्ताव भी बदल चूका था क्यूंकी हमारी जीतनी भी सेवींग(Saving) थी वह जल्द ही खत्म होने वाली थी। वह बात बात पर मुझसे झगड़ती रहती थी। एक बार गुस्से में मेरी बीवी ने मुझसे कह दिया की कहीं मर क्यूं नहीं जाते, कम से कम बीमा कंपनी से पैसे तो मिल जायेंगे, जीससे हमारे बेटे का तो भविष्य अच्छा होगा।' कमलादेवी जी बीच में ही मातारानी चील्लाती हैं जीससे संदेश की कहानी सुनाने की लींक तुट जाती हैं। फीर कमलादेवी जी संदेश को पूछती हैं की आगे क्या हूआ, कमलादेवी जी को जवाब देते हुये संदेश कहता हैं की – 'मुझे यह बात बहोत बुरी लगी थी, मेरे मन में भी यह वीचार आया की मैं आत्महत्या कर लूं लेकीन फीर यह खयाल आया की

अगर आत्महत्या करने का प्रयास अगर कामयाब नहीं हुआ तो मुझे जेल भी हो सकती हैं। मैने जंगल की तरफ चलने का फैसला कीया, जब में जंगल की तरफ जा रहा था तभी मुझे रास्ते में एक आदमी मीला और उसने मुझसे कहा की रात होने वाली हैं यहां से तुरंत चले जाओ क्यूंकी यहां रात में यक्षीनी घूमती हैं। मैं उस आदमी की बातों को नजरअंदाज करते हुये जंगल में आगे बढ़ने लगा। जब मैं एक नदी के किनारे पहूंचा तब वहां मुझे एक बहोत ही खुबसुरत औरत दिखाई दी जीसके इतने लंबे बाल थे की वह जमीन को छू रहे थे। कही ना कही मैं जानता था की वह औरत यक्षीनी हैं इसलीये मैने उस औरत से मुझे उसका भोजन बनाने का प्रस्ताब रखा।' कमलादेवी जी के मातारानी चील्लाने के कारण फीर एक बार संदेश की कहानी सुनाने की लींक तुट जाती हैं, कमलादेवी जी संदेश को पूछती हैं की फीर आगे क्या हुआ। अपनी कहानी आगे बढ़ाते हुये संदेश कहता हैं की – 'क्यूंकी मैं इरा हुआ नहीं था और शायद बीना इरे इंसान का भक्षण करने से उसे उचीत फल नही मिल पाता शायद इसीलीये उसने मुझसे मेरी इच्छा पूछी। मैने उसे मेरी कहानी बताई। मेरी कहानी सुनने के बाद उसने मुझे एक धागा दिया और कहां की इस धागे को अपने पास रखते हुये जो भी कार्य करोगे उसमें तुम कामयाब रहोगे। मैं उस धागे को लेकर घर वापस आते हुये सोचा की बीवी का बर्ताव बदल जाये तो अच्छा होगा। जैसे ही मैं घर पहूंच ता हूं मेरी बीवी संगीता मुझसे काफी प्रेम से बात कर रही थी और उसके सुबह के बर्ताव के लीये माफी भी मांगी। अगले ही पल जब मैं रेड़ीयो पर लॉटरी का नंबर देखता हूं तब मुझे पता चलता हैं की मुझे १० करोड़ की लॉटरी लगी हैं। लॉटरी के पैसों में से लगभग ४ करोड़ २५ लाख टैक्स में चले गये और मेरे हाथ में लगभग ५ करोड़ ७५ लाख आये जीसमेसे मैने लगभग १ करोड़ ९४ लाख जीवन बीमा के पेंशन प्लान में वन टाईम(One Time) नीवेश किये जीसके कारण मुझे हर महीने १५०००० रूपये मिलने लगे। बचे हुये पैसों में से कुछ पैसे बैंक मे एफ ड़ी(Fixed Deposit FD) कराई और बाकी पैसे मैने बीजनेस(Business) में लगाये। मेरा बीजनेस भी काफी तेजी से ग्रो(Grow) होने लगा।' संदेश की बात को काटते हुये सुनैना संदेश से कहती है की – 'क्या आप हम सब के लीये हॉटल से बीरीयानी

लेकर आओगे तब तक मे कमलादेवी जी के साथ अकेले में बात करना चाहती हूं।' सुनैना को जवाब देते हुये संदेश कहते हैं की –'आप आराम से बाते करो और जब पूरी हो जाये तो मुझे बताना मैं तभी आऊंगा।' इतना कहकर संदेश वहां से बीरीयानी ऑर्डर(Order) करने चला जाता हैं।

संदेश के वहां से जाने के बाद सुनैना कमलादेवी जी से कहती हैं की – 'मैने आपके बारे में पड़ा है, आप ने गरीब किसानों के कर्ज चूकाये, बेरोजगारो को नौकरी दी, मुझे आप एक भली औरत लगी इसलीये मैं आपको यह बाते बता रही हूं। बात तब की हैं जब कुछ महिनों पहले जब मैं और संदेश हमारे बीजनेस को बढ़ाने के लीये जगह देखने शीमला गये थे। जगह देखने के बाद हम दोनों रीक्षा पकड़कर हवाई अड्डे की ओर वापस मुंबई लौटने के लीये रवाना होते हैं। कुछ दूर आने के बाद हम गाड़ीयों की लंबी लाईन(Line) देखते हैं जब हम आगे एक आदमी को पूछते है तब पता चलता हैं की हवाई अड्डे की ओर जाने वाले रास्ते पर लैंडस्लाईड़(Landslide) हुआ हैं और जब हम वापस होटल लौटने जाते हैं तो वहां पर भी भारी भरखम पेड़ को गीरा हुआ पाते हैं। रात काफी हो जाने के कारण अंधेरा भी काफी गहरा था। रीक्षा चालक हमें पास में एक गांव ग्यानगंज के होने के बारे मे बताता हैं और हम से उस गांव में रीक्षा को लेकर जाने की इजाजत मांगता हैं। क्यूं की हवाई अड्डे की ओर जाने वाले रास्ते पर लैंडस्लाईड़ हुआ था और होटल जाने के रास्ते पर भारी भरखम पेड़ को गीरा था इसलीये हम उस गांव ग्यानगंज में जाने के लीये राजी हो जाते हैं। फीर रीक्षा चालक हमें बताता हैं की कल इस गांव में एक प्रतियोगीता होनेवाली हैं जीसके वीजेता को गांव वाले बहूत बड़ा इनाम देते हैं जैसे की फॉरेन टूर(Foreign Tour), भारी भरकम पैसे, गहने इत्यादी और अगर आप दोनों खुशकीस्मत होंगे तो आप दोनो भी इस प्रतियोगीता में हीस्सा ले पाओगे। रीक्षा चालक की यह बात सुनकर संदेश जी ने रीक्षा चालक से पूछा की क्या गांव वालो के पास सच में इतने पैसे हैं। संदेश जी के सवाल का जवाब देते हुये रीक्षा चालक ने कहा था की साहब यहां के लोगों को सादगी पसंद हैं इसीलीये यह सब यहां गांव में रहते हैं, वरना यह सभी इतने अमीर हैं की अगर यह सब चाहे तो पूरी देश की गरीबी मिटा सकते हैं, लो हम ग्यानगंज

में आ गये। उसके बाद मै और संदेश जी रीक्षा से उतर जाते हैं और जब संदेश जी रीक्षा चालक को पैसे देने जाते हैं तो रीक्षा चालक मना कर देता हैं और कहता हैं की वह हमें मंजील तक पहूंचाने में असमर्थ रहा इसलीये वह हमसे पैसे नही लेगा। संदेश जी ने काफी कोशीश की उस रीक्षा चालक को पैसे देने की पर वह रीक्षा चालक पैसे लीये बीना ही वहां से चला गया था। जब हम दोनों पीछे मुड़कर देखते हैं तब वहां पर हम एक बुजूर्ग आदमी और बुजूर्ग औरत को पाते हैं। वह बुजूर्ग आदमी और बुजूर्ग औरत हमसे कहते हैं की तुम दोनो यहां के दिखाई नही पड़ते आखीर तुम दोनो हो कौन? संदेश जी उन दोनों को जवाब देते हुये कहते हैं अपनी सारी आपबीती बताता हैं। हमारी आपबीती सुनने के बाद वह दोनो हम दोनों को उनके घर लेकर चले गये और हमें खाना खिलाया। उसके बाद हमसे पूछते हैं की कल तुम दोनो हमारे गांव में आयोजीत प्रतियोगीता में हीस्सा लोगे? उन बुजूर्ग आदमी व्दारा सवाल पूछने के बाद हम दोनों आपस में वीचार वीमश करते हैं और आपसी सेहमती से प्रतियोगीता में हीस्सा लेने के लीये तैय्यार हो गये थे। इसके बाद जब संदेश जी ने उनसे प्रतियोगीता क्या है यह जानने की कोशीश की तो उन्होने सरप्राईज है, कल देख लेना कहकर नहीं बताया। अगले दिन सुबह मै और संदेश जी जहां प्रतियोगीता होनेवाली हैं उस स्थान पर पहूंच जाते हैं। पहले ३० मिनट में वहां मौजूद सारी महीला स्पर्धकों को एक जगह पर लेकर गये और उन्हे कुछ दूरी पर अलग-अलग रखा गया। प्रतियोगीता के नीयम काफी सरल थे। जब प्रतियोगीता शुरू होगी तब वहां मौजूद कोई भी पुरूष स्पर्धक किसी भी एक महीला स्पर्धक को ढूंढकर उन्हे गले लगाकर पूछना हैं की क्या तुम मेरे साथ प्रतियोगीता जीतना चाहोगे? अगर महीला स्पर्धक राजी हुई और वह दोनो यानी की महीला स्पर्धक और पुरूष स्पर्धक एकसाथ पहले इस कार्य को समाप्त करेंगे तो वह दोनो वीजेता होंगे।

जैसे ही प्रतियोगीता शुरू होती है संदेश के साथ सारे पुरूष स्पर्धक महीला स्पर्धकों को ढूंढने के लीये दौड़ने लगते हैं। संदेश जी को तभी एहसास होता हैं की गांव काफी बड़ा हैं। जब संदेश जी एक जगह पर आते हैं तब वहां पर काफी सारे गांव वाले होते हैं। जब संदेश जी दिमाग

लगाकर गहराई से सोचते हैं तब उन्हे एहसास होता हैं की उन्होंने जीतनी भी जगह देखी वहां पर गांव का कोई भी आदमी नहीं था मगर यहां पर काफी सारे गांव वाले हैं, मतलब सारी महीला स्पर्धक जरूर यहीं पर होंगी। तभी पीछे से कई पुरूष स्पर्धक आतो हुये दिखाई देते हैं। उन्हें आते हुये देखकर संदेश जी उस दिशा की तरफ भागते हैं और तय करते हैं की उन्हें जो भी पहली महिला स्पर्धक दिखेंगी उन्हें गले लगाते हुये प्रतियोगीता को जीतने के लीये पूछेंगे क्यूंकी इनाम की धनराशी इतनी बड़ी हैं की कोई भी महीला स्पर्धक मना नहीं करेंगी और वह दोनों उस प्रतियोगीता को आसानी से जीत जायेंगे। संदेश जी एक बगीचे में पहूंच जाते हैं, वहां उन्हें एक सुंदर महीला स्पर्धक दिखाई देती हैं। संदेश जी उन्हे प्रतियोगीता को जीतने के लीये पूछने ही वाले होते हैं तभी उन्हे याद आता हैं की उनके सुख-दूख में उन्हें इमोशनल सपोर्ट(Emotional Support) दिया, संगीता की दोस्त होने के बावजूद जब संगीता गलत होती थी मैं इनके साथ खड़ी होती, और मै यहां पर उनके भरोसे ही आई हूं, तो अगर वह जीतेंगे तो मेरे साथ ही वरना हारना भी मंजूर हैं। उसके बाद संदेश जी मुझे ढूंढना शुरू कर देते हैं। कुछ दूरी तय करने के बाद मैं उन्हे एक पेड़ के नीचे खड़ी दिखाई देती हूं। फिर संदेश जी मुझे गले लगाते हुये पूछते हैं की क्या मैं उनके साथ प्रतियोगीता जीतना चाहोगी? मै उन्हे हां कहती हूं। सारे गांव वाले तालीयां बजाने लगते हैं। गांव के मुखीया हमें बताते हैं की हम दोनो प्रतियोगीता जीत चूके हैं। इनाम के तौर पर मुंबई के ताज हॉटल में लंच(Lunch), फीर कलेश क्रूज(Cruise) से गोवा तक का सफर, फीर गोवा में ३ दिन घुमना, फीर अगले दिन ड़ीसनी लैंड घूमना, उसके बाद अगले दिन दूबई में ७ स्टार हॉटल में रहना और दूबई में घुमना, उसके अगले दिन सींगापूर और मलेशीया में घुमना, और फीर अगले दिन घर लौटना यह उनका इनाम रहेगा। वह उन दोनों को बताते हैं की इसकी पूरी जानकारी उन्हें इमेल(Email) में मिलेगी और फीर उन दोनों को गांव के बाहर छोड़ते हुये बताते हैं की एयरपोर्ट जाने के लीये उन्हें रीक्षा कहां से मिलेगी। मैं और संदेश जी उनकी बतायी गई जगह पर पहूंच जाते हैं, वहां से रीक्षा पकड़कर एयरपोर्ट जाते हैं और फीर वहां से मुंबई में वापस लौट आते हैं।

अगले दिन सुबह संदेश जी उनके इमेल्स(Emails) चेक(Check) करते हैं और देखते हैं की उन्हें काफी सारे इमेल्स आये रहते हैं। उनमें से एक इमेल में लीखा होता हैं की टेंपो जेट की तरफ से पूरे महीने के लीये मुझे और संदेश जी को सारी सुख सुविधा के साथ हवाई यात्रा मुफ्त में होंगी, क्यूंकी लकी ड्रॉ(Lucky Draw) में हमारी कंपनी का नाम आया था। अगले इमेल में लीखा होता हैं की हॉटल ताज की तरफ से मुफ्त में हॉटल ताज में लंच, क्यूंकी लकी ड्रॉ में हमारी कंपनी का नाम आया था। अगले इमेल में लीखा होता हैं की कलेश क्रूज की तरफ से सारी सुख सुविधा के साथ मुफ्त में गोवा यात्रा, क्यूंकी लकी ड्रॉ में हमारी कंपनी का नाम आया था। अगले इमेल में लीखा होता हैं की टेंपो ट्रैव्हल्स की तरफ से दुबई के ७ स्टार होटल में सारी सुख सुविधा के साथ ३ दिन और ३ रातों की स्टे(Stay) मुफ्त में, सींगापूर और मलेशीया में ५ दिन ५ रातें घूमना ५ स्टार होटल स्टे के साथ मुफ्त में, क्यूंकी लकी ड्रॉ में हमारी कंपनी का नाम आया था। जैसा की गांव के मुखीया जी ने कहा था हमारी पूरी ट्रीप मुफ्त में हुई, हमारी जेब से एक रुपया तक नही खर्च हुआ।' कमलादेवी जी सुनैना की बातों को बीच में काटते हुये कहती हैं की – 'यह तो अच्छी बात हैं, लेकिन ये सब तुम संदेश जी के सामने भी बता सकती थी, मुझसे अकेले में बात करने की क्या जरूरत थी?' कमलादेवी जी को जवाब देते हुये सुनैना कहती हैं की – 'वह इसलीये क्यूंकी ट्रीप से वापस आने के बाद जब मैंने अपने सहेली को सारी बाते बताई थी तब उसने बताया की वह खुद शीमला की हैं और वहां पर ग्यानगंज नाम का कोई भी गांव नहीं हैं। जब इसके बारे में मैंने दूसरी सहेली से कहां तो उसने बताया की तुम बहोत खुशकीस्मत हों की तुम्हे ग्यानगंज गांव में जाने का मौका मिला क्यूं की वह गांव मैप(Map) में है ही नही और उस गांव में अमर होने का भी राज छुपा हैं, काश तुमने अमर होने का राज जान लीया होता। उसके अगले दिन जब कुछ गुंड़े मुझे छेड़ने के लीये आये थे तभी अचानक संदेश जी की आंखे नीली हुयी, बाल भी नीले हुये, गुंड़ो ने संदेश जी पर चाकू से वार किया पर संदेश जी को एक खरोच तक नहीं हुई और फीर संदेश जी ने जमकर उन गुंड़ो की धुलाई की। उन गुंड़ो को पीटने के बाद संदेश जी वापस पहले जैसे हुये और उन्होंने मुझसे सवाल कीया

की इनकी यह हालत किसने की मानो जैसे उन्हे कुछ याद ही ना हो। एक बार कुछ आतंकवादीयो ने हम जीस फ्लाईट(Flight) में थे उसे अगवा कर लीया और जब उन आतंकवादीयो ने जब मुझसे बदतमीजी करनी चाही तब संदेश जी की आंख की पुतलीयां कुछ इस प्रकार हुई पहले नीले रंग की चौकोनी आकृती की (Layer)लेयर थी, उसके अंदर लाल रंग की गोल आकृती की लेयर थी, उसके अंदर पीले रंग की त्रीकोणी आकृती की लेयर थी, उसके अंदर हरे रंग की सीतारे की आकृती की लेयर थी, नीली चौकोनी और पीली त्रीकोणी आकृतीयां वाली लेयर राईट(Right) की तरफ घुम रही थी और लाल (Circle)सर्कल वाली और हरी (Star)स्टार वाली आकृतीयां वाली लेयर लेफ्ट(Left) में घुम रही थी। संदेश जी के बाल भी नीले, लाल, पीले और हरे रंग के हो गये थे। जैसे ही उन्होंने आतंकवादीयो की तरफ देखा वह सारे आतंकवादी थर थर कांपने लगे और जैसे ही उन्होंने अपना दाया हाथ आगे किया सारे आतंगवादीयों ने खुदको गोली मार दी। उसके बाद जब संदेश जी वापस पहले जैसे हो गये पीछली बार की तरह इस बार भी उन्हे कुछ भी याद नही था और उन्होंने फीर मुझसे सवाल किया की इनकी यह हालत किसने की। उसके कुछ दिन बाद जब हम एक नदी के किनारे थे तब नदी में से एक छोटी मछली हमारी तरफ आ रही थी। जैसे जैसे हमारे पास आ रही थी वैसे वैसे वह आकार में बड़ी हो रही थी। हम दोनो पीछे हो गये और अचानक उस मछली ने पानी के बाहर उपर छलांग लगाई और अपनी जबान बाहर नीकालकर हमपर हमला किया, तब तक वह मछली ३० फूट की हो चूकी थी। संदेश जी ने मुझे बचाने के लीये मुझे लेकर नीचे जमीन पर लेट गये और उस मछली का वार वीफल कर दिया। उसके बाद संदेश जी की आंख की पूतलीयां शैतान और वैमपायर(Vampire) की तरह गोल आकृती के अंदर दो रेखाये नीचे की ओर एंगल(Angle) बनायी हुई थी। उनका यह रूप देखकर वह मछली हम से दूर भागने की कोशीश कर रही थी, मगर संदेश जी ने अपना बाया हाथ आगे किया और वह मछली हवा में रूक गई मानो किसी अदृश्य शक्ति ने उसे जखड़ लीया हो। उसके बाद जब संदेश जी ने वही बाया हाथ बायी ओर घुमाया उस मछली के टूकड़े टूकड़े हो गये और उसके बाद जब संदेश जी वापस पहले जैसे हो गये हर बार की तरह

इस बार भी उन्हे कुछ भी याद नही था और उन्होंने फीर मुझसे सवाल किया की इनकी यह हालत किसने की।' सुनैना की बातोंको काटते हुये कमलादेवी जी ने कहां की यह तो प्रामव्दन हो चूके हैं।" साधू जी की कहानी सुनाने की लींक टूट जाती हैं क्यूंकी संदेश जोर से कहते हैं की – प्रामव्दन, यह प्रामव्दन क्या हैं? तभी संदेश की माता मनीशा संदेश को आवाज देते हुये संदेश की ओर दौड़ते हुए आती हैं और संदेश को गले लगाती हैं और कहती हैं की – "संदेश बेटा तुम कहा थे? कैसे थे? अपने पापा और बहन को छोड़कर क्यूं बाहर आये?" संदेश अपनी माता को जवाब देते हुये कहता हैं की – "मैं तो इन साधू बाबा जी के साथ था।" इतना कहकर जब संदेश अपने पीछे की ओर हाथ दिखाते हुये देखता हैं तो वहां पर कोई भी नहीं होता हैं और जब संदेश आसपास के सारे दुकान वालों को पुछता है की मेरे साथ जो साधू बाबा जी थे वह कहां है तब सारे दुकानवाले कहते हैं की आप अकेले ही यहां आये थे, आपके साथ कोई भी नहीं था। संदेश अपनी माता से कहता हैं की – "मां सचमे मैं साधू बाबा जी के साथ था मेरा यकीन करो।" संदेश को गले लगाते हुये संदेश की माता मनीशा संदेश से कहती हैं की – "मुझे तुम पर पूरा यकीन हैं बेटा, अगली बार से मैं कभी भी तुम्हे अकेले पापा के साथ नहीं भेजूंगी।" इतना कहकर मनीशा अपने बेटे संदेश को लेकर वहां से चली जाती हैं। उन दोनों के वहां से जाने के बाद वह साधू बाबा जी वहां प्रकट होते हैं और कहते हैं की – "तुम्हारा जीवन काफी संघर्श और समस्याओं से भरा होगा और काफी कष्ट दायी होगा, लेकीन तुम्हे उन सभी का सामना करना होगा क्यूं की तुम्हे खुद भगवान ने लोगों का उध्दार करने के लीये चूना हैं।" इतना कहने के बाद वह साधू बाबा जी वहां से अद्रश्य हो जाते हैं।

समाप्त

पार्ट २ कमिंग सून(Part 2 Coming Soon)

www.ingramcontent.com/pod-product-compliance
Lightning Source LLC
Chambersburg PA
CBHW021150130726
47988CB00004B/1548